VERS DV BALET DE LA TROMPERIE.

REPRESENTÉ DEVANT LE ROY.

VERS
DV BALET
DE LA TROMPERIE.

RECIT DE LA TROMPERIE.

IE suis la Deesse du temps
Fille de l'ombre, & du mensonge,
Dont le plus commun passe temps
Soit que ie veille, ou que ie songe,
D'vne subtille main qui n'a point de seconde
Est de tromper icy les plus sages du monde.

Ces finets à doubles humeurs
Par la reigle que ie leur donne
Reçoiuent de moy les faueurs
De iamais n'espargner personne,
Et d'vne habile main, qui na point de seconde,
Ie faicts tant qu'icy bas ils trompent tout le monde.

A ij

Belles ne craignez pourtant pas
De ces déguisez la malice,
Ils redoutent plus vos appas
Que vous n'apprehendez leur vice ;
  Mais vnissez vos traits à leur ruse feconde
  Et vous pourrez gaigner les plus trõpeurs du mõde.

Pour le Crocheteur,

Belles secourez moy de grace,
Ie fens mon fardeau fi pefant
Qu'il s'en ira bien toft panchant
Si vous n'approchez de ma place :
Venez ie vous iure la foy
Que vous porterez mieux que moy.

Pour vn Gladiateur.

  Combatre c'eft tout mon bon heur,
C'eft là que la gloire m'appelle,
Et crois que c'eft manquer d'honneur
De viure trois iours fans querelle :
  Ie voys d'vn œil content mes plus fiers ennemis
Me demander la grace à ma valeur foubmis,
Ou mourir abbattus d'vne playe profonde :
Pourtant quelque douceur que i'y puiffe goufter,
Ie fçay

Ie sçay que le plaisir de mettre vn homme au monde
Est plus grand que celuy qu'on a de l'en oster.

Pour l'Empirique.

Ie promets guarir de tous maux,
Et ne fis iamais vne cure,
Mais si long temps mon credit dure
Il faut des remedes nouueaux:
    I'en sçay vn tres grand, quand il entre,
    C'est de saigner au bas du ventre.

Pour l'Aueugle.   Aux Dames.

Pauure Aueugle trompé par vn fin Charlatan
Belles, apres auoir cette niche soufferte
Ie vous demande vn lieu pour y pleurer ma perte,
C'est le seul reconfort que de vous ie pretan:
    Ne m'y conduisez point de grace,
    I'iray bien tout seul à taton,
    Je me contente de la place
    Où me guidera mon baston.

Pour le Bossu.

Si i'ay le pourpoint contrefaict
Ce n'est qu'vn defaut de nature,

B

Tout le bas est assez bien faict,
Et m'en reste à bonne mesure :
    Belles ne vous desgoustez pas
    Si ce Bossu dance des pas.

    Vous sçauez que quand il vous voit
Son corps tellement se manie,
Que de penchant il deuient droit,
Et pourroit seruir Vranie :
    Mais il ne l'auroit si tost faict,
    Que son corps seroit contrefaict.

Pour le Paralitique.   Aux Dames.

    Beautez que vos effects sont doux !
Le grand Dieu de la Medecine
N'est point habile au prix de vous,
Et ne se congnoit en racine :

    Tout maintenant i'estois sans pous,
Et sans mouuement, & sans mine,
Mais soudain vous m'auez recous
D'vne façon plus que diuine :

    Mes membres de mal oppressez

Se sont aussi tost redressez,
Qu'ils ont senty vostre air propice:
Beautez, quels Dieux pleins de vertu
Peuuent ainsi pour leur seruice
Redresser vn membre abbatu?

Pour le Fol.   Aux Dames.

Vous voyez bien à son visage,
A ses yeux, a son entretien,
Et à son fantasque maintien,
Qu'vn pareil a luy n'est pas sage:
Belles prenez bien garde à vous,
Il est fascheux quand il est foux.

Pour la Boemiesne   Aux Dames.

Si vous voulez que ie deuine
De vos secrets cachez quelles sont les pensees,
Ie cognois bien a vostre mine
Que de faire cela vous n'estes point lassees?

Pour la Nourrice.

Je ne suis point de ces Nourrices
Qui craignants ne l'estre assez tost
Y restent sur gage, & le depost
Emplit bien souuent leur matrices.

La Laictiere.   Aux Dames.

Mes Dames qui aymez le doux
Ce pot au laict n'est pas pour vous,
I'en porte vn autre sous ma cotte
Dont le laict touche plus au cœur,
Ce ne sera pas la plus sotte,
Qui en goustera la liqueur.

Pour l'Enfant.

Belles voicy cet Innocent
Qui pend encor à la mamelle,
Celle qui aymera l'Enfant,
Le mette coucher aupres d'elle:
Car il n'y peut estre long-temps,
Qu'elle ny prenne passe-temps.

Pour le Boulanger.

Ie suis vn parfaict Boulanger
Venez à moy belles chalandes,
Le pain blanc que ie fais manger,
Est destrempé de laict d'Amandes:
Ie ioüe quand le four est chaud
De l'esqueuillon comme il faut,
Et pour vn seul cas l'on m'adiourne
Qui n'est grand quoy que bien cognu,
C'est qu'entre ces pains que i'enfourne
I'en fais touiours quelqu'vn cornu.

Pour

Pour le Procureur.

Bien qu'on me tienne pour vn Aſne,
Ie ſuis ſçauant en la chicane,
Et n'eſt pas iuſqu'à mes valetz,
Qui ne ſouſtiennent teſte nuë,
Que i'eſbranſle tout le Palais
Auſſi toſt que ie me remuë;

Cet art qui n'eſt point mecanique
Donne à celuy qui le practique
Mille delices à la fois;
Mais quoy que l'on en puiſſe dire
La plus grande que i'y reçois,
C'eſt quand on m'oblige à produire.

Pour les Payſans.

Si d'vn pas qui n'eſt limité
Nous obſeruons peu la meſure,
C'eſt noſtre amour de ſa nature
Qui ſe porte à l'extremité:
Auſſi les cauſes de nos flames
Preſſent ſi puiſſamment nos ames
Par les excez de leur beautez,
Qu'il n'eſt point en noſtre puiſſance

D'auoir la libre jouyſſance
Du corps, ny de nos volontez.

Pour les deux Fripons,

Nous ſommes valets volontaires
De qui le ſoing diligent
Ne demande point d'argent,
Pour nos ſalaires ordinaires,
Quand à couuert nous ſeruons
Le ſubject que nous ſuiuons:

Belles, c'eſt vn tres bon ménage
De nous arreſter à vous,
Car en vous ſeruant de nous
Vous aurez deux valets ſans gage,
Qui donnent fort librement,
Ce qu'on deſire en aymant.

Pour l'Eſpagnol.

Je pren volontiers à credit
Toutes les hardes qu'on m'apporte,
Mais ie traite d'vne autre ſorte
Celles qui preſtent dans le lit.

Pour le Ioüalier.

Ie fais credit à vn chacun,
   Belle auez vous besoin d'auence?
   Si vous ne payez c'est tout vn
   Ne craignez pas la violence;
    Car ie veux traicter auec vous
    Par vn appoinctement plus dous.

Pour le Tailleur.

Prendre bien iuste la mesure,
   Tailler, & coudre proprement,
   Puis rabbatre bien la cousture,
   Chacun le faict communément:
Mais c'est vn miracle sans doute
   D'enfiler dés le premier coup
   L'aiguille quand on ne voit goute,
   Et cela ie le fais sur tout.

Pour le Pipeur.

Les hommes sont le but de mes fines cautelles,
   Mais ie n'abuse point les femmes sur ma foy,
   S'en voit il vne icy qui se plaigne de moy
   Quoy que ie sois souuent en affaire auec elles?

C ij

Pour les Pipez.

Voyez, que du ieu la chaleur
 Nous a reduit à ce malheur
 De paroiſtre nuds en chemiſe,
 Belles, nous ſommes trop honteux,
 Par pitié cachez nous tous deux
 Où perſonne ne nous auiſe.

Pour le Vinaygrier.

Vous de qui la teſte eſt ſi bonne
 Gouſtez mon Vin-aigre piquant,
 Car ie ne ſçache point perſonne
 Qui en ait de plus excellant :
 Enfermez-le dans vos bouteilles,
 Sans doubte il y fera merueilles.

Pour la groſſe Seruante.

Belles, i'enten bien le menage,
 Seruez vous de moy ſeulement,
 Si ie ne balie ſouuent,
 Ce n'eſt pas faute de courage,
 Car ne trauaillant qu'vn petit
 Ie demeure en mon appetit.

Pour le Chanteur de Chansons sur le pont neuf.

Si quelque belle moins farouche
Veut permettre que sur sa couche
Ie deslie mes callessons,
Iamais en aucune entreprise
Cupidon ne me fauorise
Si ie la paye de chansons,

Pour le couppeur de Bourse.
Aux Dames.

Ie sçay d'une subtille main
Soudain que les poches ie sonde
Si bien mesnager mon dessein
Que ie couppe la bourse au monde:

Belles ne craignez pourtant point
Que les effects de ma malice
Vous attaquent iusqu'à ce point,
I'en ay deux a vostre seruice.

Pour le crieur de sablon D'estampe.

Comme sur les bords du Pactole
Le sable en or se va changeant,
Du mien ie ferois de l'argent
Au bruict de ma seulle parole,

D

Mais, par ce qu'vne auare faim
Ne me faict pas aymer le gain,
Je me plais qu'à l'honneur ma fortune responde,
Et ie le porte seullement
Pour monstrer, que ie puis en qualité d'Amant
Ietter de la poussiere aux yeux de tout le monde.

Recit de Mercure, & des Trompeurs.

Ie suis ce demon qu'austres fois
On nommoit le Dieu d'artifice,
Mais ore il faut changer de voix,
Et nommer ainsi la iustice:
Car Themis auecque sa loy
Trompe mieux encore que moy.
Les humains se voyans dupez
Ont recours à ceste Deesse,
Mais quoy? c'est pour estre pipez
D'vne plus subtile finesse:
Car Themis auecque sa loy
Trompe mieux encore que moy.

Pour le Commissaire.

Quand le galand fait le mauuais,
Et qu'il porte ses armes droictes
Belles, soudain ie vous le mets
Dans vos prisons les plus estroittes,
Mais ie fais cela neantmoins,
Comme l'ordonnance le porte,

Sous la foy de deux bons tesmoins
Que ie fais tenir à la porte.

Pour vn Sergent à pied. Aux Dames.

Voyez vn Sergent croté
  Faulte d'estre bien monté,
  Secourez son indigence,
  Mes Dames remontez moy,
  Et ie promets sur la foy
  D'exploiter en diligence.

Pour vn Sergent à cheual.

Je suis Sergent à cheual
  Qui fait mainte cheuauchee,
La piume dont i'escris, est souuant empeschee
  Mais pour faire tousiours plus de bien que de mal:
Belles si ie vous adiourne,
  Comparoissez promptement,
  Si vous faictes autrement,
  Et que chez vous ie retourne,
  L'Amour qui se sert de nous
  Leuera defaut sur vous.

Pour le troisiesme Sergent,

Ie ne cours point de grands hazars,
  Et si les plus cheris de Mars

Ne me disputeront la gloire,
En vn iour ie faicts plus d'exploits
Que Cesar n'en fit en six mois
Auecque ma seule escritoire;
Ie faits prisonnier par le Roy,
Mais i'ay trouué plus fin que moy,
Et sens ma liberté rauie,
Car vn Archer plus diligent
A coffré le pauure Sergent
Dedans la prison de Siluie.

Pour le Solliciteur.　　Aux Dames.

Mes Dames seruez vous de moy,
Ie sollicite en bonne foy,
Et i'ay de tres bonnes adresses,
Mais pour vous seruir vne fois,
Si ie ne vois toutes vos pieces
Ie ne puis poursuiure vos drois.

F I N.